La Rose ensanglantée

Du même auteur

A comme ailleurs (nouvelles), Point de fuite (Québec), 2002
Faux-semblants (nouvelles), Point de fuite (Québec), 2004

La publication de cet ouvrage a bénéficié de l'aide de la de la ville d'Auxerre et sa préparation d'une aide du Conseil Régional de Bourgogne dans le cadre d'une action pédagogique menée au lycée Vauban à Auxerre.

Rhubarbe n.f. (bas lat. *rheubarbarum*, racine barbare)
Feuilles monstrueuses, tiges acides, le potager littéraire connaît bien ces textes inclassables, sauvages, qui s'imposent à leurs auteurs. On peut les couper à ras : ils repoussent. Autant les donner à lire.

ISBN : 2-916597-21-2

Cyrille de Sainte-Maréville

La rose ensanglantée

Rhubarbe

Chapitre 1

L'imperceptible bruissement des batailles

LA NATURE FRISSONNAIT. Depuis la veille, une bise glaciale hurlait et ne semblait pas vouloir fléchir. Le vent préparait à l'hiver. Une première neige, tombée dans la nuit, recouvrait d'un mince tapis un paysage hostile de falaises et de forêts de sapins.

Sur la plus haute de ces falaises se dressait un château. Surplombant une mer tapageuse, la forteresse pointait avec fierté ses tourelles vers un ciel tourmenté et résistait aux assauts des lames meurtrières qui venaient se briser à ses pieds dans un grondement de bataille. Leurs ailes déployées au vent, des mouettes criaient leur faim en virevoltant au-dessus de l'écume marine. Un voile de brume se levait au-dessus des flots tandis qu'à l'ouest le ciel s'empourprait.

De sa fenêtre, Princesse Logrid suivait, inquiète, les cercles de plus en plus courts d'un aigle qui planait au-dessus des tourelles. Lorsque le rapace fondit vers le sol, elle s'éloigna, effrayée, du rebord de la fenêtre et enfouit son visage dans ses mains. Un cri strident déchira l'air. Princesse Logrid attendit un moment puis coula un regard mélancolique vers les ténèbres naissantes. Les mains jointes autour d'une amulette qu'elle portait au cou et dont elle ne se séparait jamais, la jeune fille songeait à la guerre qui ne finissait pas et à ce matin de printemps quand, vêtus de cottes diaprées, l'écu à la hanche, elle vit l'ost de son père, le Roi Hidegaard, passer l'huis du château pour aller relever le vil affront d'Harkal, un seigneur voisin.

Elle avait espéré la fin rapide des hostilités. Un héraut lui avait régulièrement apporté des nouvelles du Roi. Hélas, cela faisait près de dix jours qu'il n'était pas revenu et personne, pas même un mendiant, ne s'était présenté aux portes du château.

Ce long silence nourrissait son inquiétude. Mais si Princesse Logrid craignait pour la vie de son père bien-aimé, ses prières allaient plus volontiers vers le jeune chevalier Halking à qui elle destinait son cœur.

– La mort fauche de part et d'autre et la victoire reste incertaine. Bravoure et courage sont à l'honneur et, unis dans l'ardeur des combats, Sa Majesté et votre Sire frappent l'ennemi et toujours le repoussent vaillamment…

Ainsi s'était exprimé le dernier messager. Il l'avait également rassurée à propos des sentiments du jeune chevalier à son égard :

– Sire Halking porte en guiche une mèche de vos blonds cheveux dont il ne se sépare jamais. Si le sang coule parfois, si l'âpreté du combat l'oblige à fléchir le bras, un seul regard sur la mèche suffit à lui redonner force et courage...

Si ces récits héroïques comblaient son cœur de pucelle, ils n'apaisaient pas la crainte qu'il fût un jour blessé mortellement. Sur ordre de son père, on s'était bien gardé de l'informer que le roi Thorgil, averti de la guerre que menait le seigneur Harkal, son cousin, s'était empressé de se joindre à lui pour lui prêter main forte. Une armée de dix mille hommes cinglait vers les côtes. Thorgil voulait avant tout se venger du Roi Hidegaard qui avait atteint sa fierté et blessé son orgueil quand, ayant demandé la main de Logrid, il n'avait essuyé qu'un refus méprisant. « Jamais, aussi longtemps que je vivrai, vous n'aurez ma fille en mariage », avait déclaré le souverain, « mon château ne saurait abriter un traître ! Oubliez dès à présent ce dessein. N'y songez plus, retournez sur vos terres ! »

Ces mots résonnaient encore dans ses pensées. Aussi, à la demande de son cousin, n'avait-il pas hésité à engager son ost à ses côtés.

Princesse Logrid redoutait de voir apparaître, à l'orée du bois qui bordait le château, les bannières ennemies au lieu de l'oriflamme et des écussons de son père.

– Dieu tout puissant ! dit-elle en songeant à son chevalier, soyez son bras, soyez sa force ! S'il venait à tomber, faites qu'il se relève. Mais si vous deviez le rappeler, alors que pour moi sonne le glas, car je ne saurais vivre sans lui. Sur

La Sainte Croix, je vous en conjure, épargnez-lui la mort pour que vive notre passion...

La lumière du jour décroissait. Oppressée de solitude, Logrid se raccrochait aux derniers instants d'un bonheur menacé par la guerre et revoyait le jeune chevalier du haut de son destrier se pencher vers elle :

– Prenez cette rose. Elle sera auprès de vous comme un baiser sur vos lèvres. Gardez-vous de vous en départir car elle est le symbole de notre amour et le reflet de mon âme... Avant que le dernier pétale soit tombé, je vous fais ici la promesse que nous serons à nouveau réunis...

La tige n'avait cessé de ployer depuis lors. Éparpillés autour du vase, quelques pétales, telles des larmes de sang, versaient sur son cœur une indicible douleur.

L'été puis l'automne étaient passés sans qu'au loin résonnent les trompettes de la victoire. L'idée que son bien-aimé eût pu rencontrer la mort en chemin l'accablait de désespoir.

L'obscurité s'étendait maintenant au-dessus des falaises et plongeait le château dans la pénombre. Fatiguée de scruter le néant, elle vint s'asseoir près de la cheminée où brûlait un feu, et reprit son ouvrage de broderie. Mais le cœur n'y était pas. Elle releva la tête et jeta dans la moire des flammes ses pensées amères. Le bois se consumait avec un crépitement joyeux, répandant dans la pièce une chaleur qui engourdissait. Un bruissement presque imperceptible la fit se tourner vers la fenêtre. Un nouveau pétale s'était détaché de la rose...

Chapitre 2

J'ai pour vous un autre dessein

AU MÊME MOMENT, Halking, désarçonné par la lance ennemie, chutait de son destrier et roulait dans une mare de sang et de boue. Il se releva en grimaçant, à temps pour amortir du bouclier levé, le violent coup de hache que lui portait son adversaire du haut de sa monture. Ce dernier entendait bien profiter de son avantage. Mais Halking se défendait avec ardeur et, malgré sa blessure à l'épaule, parvint à repousser son assaillant et rendit coup pour coup. La bataille faisait rage. Une odeur de fer et de sang se propageait dans l'air. L'eau était rouge d'entrailles déversées. Des cadavres mutilés s'entassaient ici et là contre des carcasses de chevaux. Le chaos était dans tous les rangs.

Pris dans une embuscade, les hommes du Roi Hidegaard se défendaient vaillamment. Mais ils étaient en nombre inférieur. Assuré de vaincre, l'ennemi frappait sans relâche, grisé de folie meurtrière. Mais à voir Halking se battre avec tant de courage, ses compagnons d'armes reprenaient foi et résistaient aux assauts :

– Fils de chienne, s'écria-t-il en faisant tournoyer son épée au-dessus de sa tête, si je suis blessé à l'épaule, mon bras droit porte encore la force de la victoire ! S'il plaît à Dieu je serai victorieux !

– Meurs donc sans faire de bruit, lui répondit-on, la boue recouvrira ton corps ! Cette épée que tu brandis sera ta croix ! Il n'est plus temps aux paroles, défends-toi et meurs comme il se doit !

L'épée ennemie s'abattit en sifflant sur le bouclier d'Halking qui à son tour frappa son adversaire. Touché à la cuisse, celui-ci chuta lourdement de son cheval. Halking bondit et ne lui laissa pas le temps de se relever.

– Soyez sans crainte mes amis, tenez bon ! Le Roi nous sait en péril !

– Regardez ! fit l'un d'eux en pointant son épée vers un groupe de cavaliers qui s'élançait sur la plaine à bride abattue.

La terre se mit à trembler du galop furieux des chevaux. Une clameur joyeuse retentit lorsque l'on reconnut au bout des lances l'oriflamme du Roi. L'ennemi, pris par surprise, s'enfuit sans demander son reste.

– Poursuivez cette canaille ! ordonna Halking aux premiers hommes qui le rejoignaient.

Le groupe des fuyards pénétrait dans le bois. On entendit bientôt des cris, des hurlements, puis le silence retomba sur la clairière ensanglantée.

– Par Dieu, que tu es petit sans ton destrier ! s'exclama une voix rude.

– Ah ! Ah ! Ah...! Te voilà enfin ! fit Halking en se tournant vers son vieil ami Wirlock. Par Dieu, où étais-tu passé ?

– Nous ne pouvions venir comme notre cœur nous le commandait car nous avons dû croiser le fer en aval du fleuve. Ce retard, je te le concède, a dû te paraître une éternité ! Qu'on donne un cheval à mon valeureux compagnon ! ordonna-t-il.

Wirlock était un grand gaillard roux aux épaules larges et arrondies. Son visage, marqué d'une profonde cicatrice à la joue droite, lui donnait un air cruel. Élevé dans l'art guerrier, habitué à se battre depuis toujours, il ne se trouvait à son aise que l'épée à la main. Respecté et craint de tous, il avait toute l'estime du chevalier Halking.

Leur accolade longue et fraternelle se passait de mots. Leurs rires recouvrirent un instant le souffle glacial du vent qui balayait la plaine jonchée de cadavres.

Les deux hommes avaient grandi ensemble. A la complicité de l'enfance, aux jeux innocents, s'étaient ajoutées bravoure et fidélité lors de faits d'armes sanglants.

Halking était le plus jeune. Plus souple et plus élancé que son compagnon, il avait une élégance et une éloquence que l'autre n'avait pas. Il était aussi d'une lignée noble, contrairement à son ami. Mais ces différences étaient sans importance pour eux, ils se considéraient comme deux frères. Leurs pères étaient morts côte à côte au combat. Il avait été décidé qu'ils seraient éduqués de la même manière. Mais si Wirlock et Halking étaient inséparables, le sang de ce dernier le destinait à la succession du trône, car il était aimé de Princesse Logrid et l'aimait éperdument en retour. Cette union annoncée, du reste, plaisait au Roi ainsi qu'au peuple qui aime toujours les belles histoires.

– Allons rejoindre le Roi avant la nuit pleine ! fit Wirlock. La guerre peut bien attendre à demain ! Ce soir nous boirons du vin !

On ramassa les bannières, les drapeaux souillés de sang et on compta les morts qui jonchaient la clairière.

– La peste soit de ces pourceaux d'Harkal et Thorgil ! Ils n'ont de chrétiens que le nom ! grigna Halking à la vue du cadavre mutilé d'un jeune chevalier du roi. Enlisés dans la boue, coincés sous le flanc d'un cheval à l'agonie, d'autres moribonds, figés dans un dernier rictus de souffrance, ressemblaient à des statues d'argile. La terre, abreuvée de sang, avait retrouvé un silence sans âge.

Les deux hommes, suivis de leurs compagnons d'armes, s'éloignèrent en chevauchant côte à côte et pénétrèrent dans une épaisse forêt de sapins.

La nuit tombait quand, parvenus au sommet d'une colline, ils virent enfin le campement royal. Le spectacle était grandiose et leur réchauffa le cœur. Sur plus d'une lieue, les torches éclairaient des tentes dressées en ordre parfait. L'étendard du bon Roi Hidegaard claquait au vent devant chacune d'elles comme un perpétuel défi à l'ennemi. La sentinelle annonça leur arrivée. Une escorte vint à leur rencontre. A peine descendu de son cheval, Halking demanda audience au Roi.

– Majesté, Dieu tarde à nous donner la victoire car il veut éprouver notre foi ! Face à l'armée d'Harkal il jugera de nos exploits ! Il verra alors avec quelle force et volonté nous nous battrons ! Votre Majesté connaîtra la gloire et l'ennemi viendra lui implorer son pardon comme un misérable scélérat ! Elle aura fait valoir sa raison et celle de Dieu ! La victoire est notre droit car elle est éclairée de la lumière des cieux !

Le roi écouta le récit de sa mésaventure d'un air préoccupé. Toutes ces paroles belliqueuses, cette insouciance propre à la jeunesse, éveillaient en lui bien des souvenirs. Il se revoyait lui aussi agenouillé devant feu son père, l'épée levée, le front vindicatif, et reconnut dans les propos du jeune seigneur l'ardeur et l'arrogance qui avaient été siennes autrefois. D'un geste las, il intima le silence puis se leva.

– Chevalier ! Votre verve est aussi enflammée que l'est votre cœur.

– Que voulez-vous dire Sire… ?

– Allons mon ami, cessez de vous mentir à vous-même.

– Sire….

– Mille contre un, dites-vous ! Aviez-vous perdu la tête ? Je ne suis ni aveugle ni sourd. Je connais votre ambition et la partage ! Votre empressement et cette hâte ne sont justifiés que par un sentiment dont je crois connaître la cause. Je n'y suis d'ailleurs point hostile, cela vous le savez fort bien ! Il est au château quelqu'un qui, comme vous, attend avec impatience la fin de cette guerre. Mais la mort a ses exigences, elle ne fait pas de sentiment et prend ce qui se présente à elle. Dussiez-vous demain agir comme vous le fîtes aujourd'hui qu'elle vous prendra sans détour !

– Sire, répliqua Halking en inclinant respectueusement la tête, il est vrai que mon cœur a pu tromper ma vigilance mais il me donne aussi l'audace qui bien souvent sert la victoire.

– Votre audace risque de faire perdre à ma fille le seul être qu'elle eût jamais aimé. Non, j'ai pour vous un autre dessein. Dès le lever du jour, vous traverserez les lignes ennemies et retournerez au château !

– Sire...?

– Demain, reprit le roi d'un ton grave, sera un jour sanglant. La mort chevauchera à mes côtés. Tout est perdu !

– Perdu ! Hier encore...

– Hier est déjà loin, si loin... Mais si cette guerre doit m'emporter, qu'elle préserve ma fille et que jamais elle ne tombe entre les mains de l'ennemi. Il vous revient de vous assurer de sa survie. Emportez-la loin d'ici, cinglez sans tarder vers notre mère patrie, et portez en vos cœurs unis le flambeau de notre royaume. Mon ami, poursuivit-il en se rasseyant, l'ennemi est en nombre ce que nous sommes en blessés, des milliers ! Il arrive à grand renfort de la mer. C'en est fini ! Si Dieu le veut, vous en réchapperez ! Fuyez ce combat perdu, puisqu'elle vous aime.

– Sa majesté a raison, fit Wirlock qui se trouvait également sous la tente royale, j'ai de mes yeux vu les campements ennemis. Nous sommes à leur merci, encerclés, piégés comme des rats !

– Chevalier, fit le roi en présentant à Halking son épée comme une croix, promettez que si l'ennemi s'approche du château, vous ne livrerez pas de batailles inutiles. Fuyez ! Entendez-vous ? Fuyez pour le salut de votre âme et de la sienne et pour que toujours vive en vous la mémoire de notre sang. S'il plaît à Dieu et si le ventre de ma fille un jour materne, cette défaite aura alors été une grande victoire !

– Majesté, mon cœur se révolte à l'idée de vous abandonner en un moment si périlleux. Je veux combattre, mais si telle est votre volonté, j'obéirai car, je ne peux vous le cacher, votre requête devance aussi mon aspiration. Princesse Logrid ne tombera jamais entre les mains de l'ennemi aussi longtemps que je vivrai ! Soyez-en assuré sur ma vie, sur mon honneur et sur cette croix !

– Voilà qui est bien dit ! fit le roi. Relevez-vous, non en vassal mais en ami !

Le Roi sortit sa dague de son étui et la lui tendit.

– Tenez, elle est désormais vôtre ! Usez-en comme le ferait ma main. Qu'elle soit la justice et le pouvoir, qu'elle soit mon droit ! A présent, allez vous reposer car la nuit sera courte !

L'air était glacial. Les torches crépitaient et au loin, dans l'obscurité menaçante, on entendait des loups grogner et faire ripaille des cadavres abandonnés. Wirlock et Halking marchaient l'un à côté de l'autre.

– Sa Majesté voit juste, fit Wirlock, nos éclaireurs ont compté pas moins de soixante-dix drakkars ennemis en aval du fleuve. Leurs campements se dressent tout le long de la côte. Demain sera un jour sanglant ! C'est la mort qui nous attend avant le crépuscule ! Je gage que cette fois-ci nous n'en réchapperons pas ! Il nous faudra mourir si nous voulons garder notre honneur. Quant à toi, poursuivit-il en lui tapotant amicalement l'épaule, le Roi te veut un avenir et Logrid n'attend que ton retour... C'en est fini des batailles et des tournois, des rires et des festins. Cette nuit est la dernière de notre amitié, elle annonce l'éternité !

Halking ne trouva pas le sommeil. Les paroles du Roi et celles de Wirlock résonnaient dans sa tête. L'idée d'abandonner ses compagnons d'armes lui était insupportable, mais à la seule pensée de sa bien-aimée, il ne songeait plus qu'au moment des retrouvailles, à leur premier baiser.

Chapitre 3

Wirlock

IL N'Y AVAIT encore qu'une faible lueur quand on vint le tirer de sa tente. Le Roi était en armure ; derrière lui, trois hommes armés et quatre chevaux.

La nuit semblait avoir figé les grands arbres glacés et seuls les cris rauques de quelques corbeaux en quête de nourriture brisaient le silence. Les adieux furent brefs.

– Que Dieu vous garde ! fit le Roi en suivant des yeux le groupe de cavaliers qui s'enfonçait dans la brume du sous-bois. Il écouta s'éloigner le cliquetis des harnais et le souffle des chevaux puis, lorsque le silence retomba, il s'agenouilla pour prier.

A mesure qu'il progressait, Halking se plaisait à imaginer la joie que son retour allait susciter. Mais il appréhendait aussi les larmes de Logrid quand elle comprendrait que tout était perdu. Ensemble, ils allaient devoir fuir et réapprendre à vivre dans l'exil, le cœur uni d'un même amour et d'une même détresse.

Le soleil émergeait au-dessus de la forêt. Sa lumière redonnait un peu d'éclat aux armures maculées de sang et de boue. On chevaucha toute la matinée sans échanger la moindre parole. L'un des trois hommes partait régulièrement en reconnaissance. D'un coup d'éperon, il lançait sa monture et disparaissait entre les arbres. On le retrouvait un peu plus loin, juché au sommet d'un tertre, qui faisait le guet.

Lorsque le soleil fut au zénith, on fit une halte pour laisser reposer les chevaux. Mais au moment de repartir...

– Sire Halking, déclara le plus véloce des trois hommes en s'avançant vers lui, nous n'irons pas plus loin !

Halking, qui avait déjà le pied à l'étrier, s'arrêta net dans son élan.

– Que dites-vous là ? fit-il, surpris.

– Je dis que nous n'irons pas plus loin ! répéta l'homme en croisant les bras et en le toisant.

Un silence hostile se fit. Halking flairait l'embuscade. La main au pommeau de son épée, il dévisagea ceux qui déjà l'encerclaient.

– Nos ordres sont autres que ceux du Roi, déclara le même homme en tirant son épée, aussitôt imité par ses deux complices. On nous a loués pour une toute autre mission !, poursuivit-il.

– Par Dieu, que signifie tout cela ? s'indigna Halking, l'épée levée. Traîtres, infâmes que vous êtes, vos ordres sont-ils d'Harkal ou de Thorgil ?

– Non ! Preux chevalier nous obéissons... nous obéissons à...

– A moi ! s'écria une voix de derrière un fourré.

Halking se tourna de côté. Une silhouette imprécise se devinait dans la brume.

– Qui se cache ainsi ?

– Comment...Tu ne devines pas ?

– Wirlock...? sourcilla Halking.

– Qui d'autre !

– Mais, que fais-tu là ? Quelle honte t'oblige à rester dans l'ombre ? Et ces hommes... Sont-ils à tes ordres ?

– Oui, ils le sont ! Et les aveux que je vais te faire m'empêchent encore de sortir à la lumière, car les sentiments ont pour moi plus de mystères que les affaires de la guerre. D'ici je peux laisser mon cœur te parler en toute liberté et sans honte. Ami, mon frère, je ne puis davantage taire la révolte qui gronde en moi. La pensée que le destin te choisit un meilleur chemin que le mien m'est intolérable. Car vois-tu, les paroles du roi ont attisé une jalousie qu'il m'est désormais impossible de garder sous silence. Mon trouble me pousse à commettre un acte auquel ma conscience répugne, mais le cœur a ses raisons ! Lorsqu'il aime, rien ne peut l'empêcher de battre pour ce qu'il croit juste et bon. Je perds aujourd'hui toute dignité... mais que m'importe, la douleur m'étouffe, il faut que le sang de la colère s'écoule, que parlent les mots ! Que Dieu me soit miséricordieux car lui seul comprend mon tourment ! Ami, poursuivit-il avec tristesse, il est au château un être qui ne regarde que toi, ne s'habille que pour te plaire et ne désire que ton retour ! Comprends ma peine et mon désarroi de savoir que demain elle sera tienne quand je l'aime d'un amour aussi fort que le tien. Hélas mes sentiments ne se font point entendre à son cœur. Ma douleur réclame le sang de celui qui est un obstacle à mon ambition, dit-il en sortant de l'ombre, Ami, la vie est ainsi faite qu'elle crée le désordre en chacun de nous sitôt que l'amour s'en mêle. J'ai essayé en vain de monter jusqu'à sa main pour conquérir son cœur. Mais je ne fus jamais pour elle qu'une ombre et n'obtenais tout au plus qu'un regard amical, une marque d'affection due sans aucun doute à l'amitié qui nous lie. Comprends-tu à présent pourquoi depuis quelque temps je taquinais ta fougue pour que tu participes à des tournois ? J'espérais ta mort ou un incident qui pût mettre fin à tes prétentions et donner jour à mon dessein. Je l'espérais sans grande fierté mais me consolais en me disant que je saurais bien l'aimer pour deux. M'aurait-elle aimé ? Sans doute, avec les années, par habitude peut-être, qu'importe ! Elle aurait vieilli à mes côtés. Mais ta force, ta jeunesse et cet amour grandissant que vous éprouviez l'un pour l'autre, chaque fois te faisaient vainqueur. Moi, deux fois vaincu, je te haïssais davantage. Il fallait la voir frémir d'admiration ou tressaillir d'effroi quand, au tournoi, tu frappais l'écu ou trébuchais. Jamais tu ne vis à quel point la force de son amour animait son regard car tu étais à l'ouvrage. Parfois ses mains se crispaient sur mon bras que je lui abandonnais volontiers quand le combat se faisait rude. Ces marques sur ma peau me tourmentaient jusque dans mon sommeil. Je n'eus alors qu'une seule obsession, te supprimer !

Les deux hommes, face à face, se dévisagèrent longuement. Wirlock avait tiré son épée.

– Honni soit celui qui trahit ! gronda Halking, jamais je ne t'aurais cru capable d'une telle félonie !

– C'est que tu n'as jamais vraiment aimé.

– Ecartez-vous ! lança Wirlock à ses hommes de main, qu'il périsse selon son rang !

La pointe de leurs épées se croisa une première fois. Chacun observait l'autre.

– Que Dieu seul nous sépare ! fit Wirlock.

– Dieu n'a jamais trahi ! lui rétorqua Halking, tu mourras ! dit-il les yeux emplis de larmes.

Wirlock porta la première attaque. Halking ploya sous la violence du coup mais se dégagea habilement. La lutte s'annonçait difficile car ils connaissaient leurs ruses, leurs forces et leurs faiblesses. Bientôt le sifflement des armes, le martèlement des fers et le souffle tendu des deux hommes résonnèrent dans le sous-bois. Wirlock menait le combat à sa guise car Halking souffrait encore de sa blessure de la veille. Parfois, quand ils se retrouvaient au corps à corps, l'envie de pleurer et de s'étreindre les prenait tout deux, mais la seule pensée de Logrid les faisait se repousser et reprendre le combat. Tout à coup, Halking trébucha dans un enchevêtrement de racines et vint rouler contre le tronc d'un arbre.

– Adieu mon ami ! fit Wirlock en le maintenant à terre de la pointe de son épée, la mort a fait son choix. Si cela peut te consoler, sache qu'elle croira que tu es mort en combattant aux côtés du Roi. Jamais elle ne connaîtra la vérité !

La lame s'enfonça à travers la cotte de maille. A plusieurs lieues du drame, un pétale de rose se détachait...

Chapitre 4

Exil

OH ! REGARDEZ, s'exclama Swaal, est-ce le vent ou sire Halking court-il un danger ?

La jeune servante de Princesse Logrid recueillit le pétale dans sa main et le porta à sa maîtresse.

– Comme j'ai peur… Tous ces présages funestes !

– Ne vous tourmentez point ainsi, lui dit Swaal la voyant pâlir, vous vous épuisez d'inquiétude. Dieu veille sur Sa Majesté comme il veille sur Halking…

– Comme j'aimerais que tu dises vrai, hélas… Les jours sont interminables et les nuits peuplées de cauchemars. Et s'il venait à mourir ?

– De grâce princesse, s'offusqua la jeune servante en se signant, chassez de telles pensées de votre esprit...

Princesse Logrid baisa le pétale de rose puis le déposa avec précaution à côté des autres sur un plateau en or.

Cette nuit là, incapable de s'endormir, elle veilla près de l'âtre sur Swaal qui dormait sous une épaisse couverture de zibeline. Elle contempla un long moment les traits fins de son visage, la blancheur de sa peau, ses longues nattes blondes. Comme son sommeil ressemblait à celui d'un ange sous l'opale des flammes ! De quatre ans sa cadette, Swaal était sa demoiselle d'honneur et à ce titre partageait son lit. Les deux jeunes filles n'avaient pas de secrets l'une pour l'autre. Toutes deux blondes, des yeux verts pétillant de jeunesse, elles se ressemblaient comme deux gouttes d'eau et cette ressemblance avait tissé des liens intimes, des complicités qui les rendaient inséparables.

En la voyant frissonner, princesse Logrid ramena la couverture sur ses épaules et se pencha vers elle pour lui baiser le front.

– Dors, mon amie, lui chuchota-t-elle à l'oreille, vois s'il est loin d'ici. Dans ton sommeil, peut-être sauras-tu l'apercevoir ? Dis-lui combien je l'aime...

Swaal eut un léger tressautement puis ouvrit les yeux.

– Oh ! Pardonne-moi, je ne voulais pas te réveiller !

La jeune fille se redressa sur les coudes puis soudain se troubla.

– Seigneur Jésus ! s'exclama-t-elle en tendant le bras vers la fenêtre. Princesse Logrid se retourna. D'un même élan, les deux amies se précipitèrent à la fenêtre. Des milliers de torches brûlaient dans la nuit tandis qu'une sourde rumeur montait de la forêt se transformant bientôt en vacarme métallique.

– Qui sont ces gens ? s'inquiéta Logrid en serrant Swaal dans ses bras.

On frappa à la porte. Un homme fit irruption et s'avança vers elle d'un pas sûr, retira son heaume, le maintint sous le bras, puis salua la princesse avec les égards dus à son rang. Sous la crasse, la sueur et le sang figé, elle n'avait pas reconnu le visage de Wirlock.

– N'ayez crainte princesse, sous ce couvert repoussant, c'est votre serviteur et ami qui vient vous secourir...

– Vous ici...

– Si fait, et j'ai de bien mauvaises nouvelles...

– Mon Dieu, fit-elle, parlez sans détour !

Wirlock lui semblait vieilli. Comme il ne disait toujours rien, elle prit peur et regarda de nouveau vers l'horizon scintillant de feux. La rumeur se rapprochait. Un désordre croissant agitait les couloirs du château. On entendait crier, hurler. Un vent de panique courait d'une tourelle à l'autre. Elle commençait à comprendre.

– Princesse, hâtez-vous de rassembler vos affaires car il nous faut sans plus tarder prendre la fuite ! Ces torches que vous voyez là-bas sont celles d'Harkal et de Thorgil. Sa Majesté...

– Sa Majesté...? l'interrompit-elle d'une voix tremblante.

– Sa Majesté est peut-être encore en vie, mais avant de combattre, elle m'a mandé de vous mener en lieu sûr, loin de la tourmente... Au moment où je vous parle, sans doute est-elle en train de croiser le fer. Que Dieu lui vienne en aide...

– Et sire Halking... ?

Wirlock hocha la tête et écarta les mains en signe d'impuissance.

– Répondez, pour l'amour de Dieu !

Wirlock prit une mine accablée.

– Je ne sais princesse, personne ne sait. Quant à moi je l'ai perdu dans la bataille... Allons, point n'est le temps au chagrin ! La mort est aux portes du château ! Sous peu, on se battra aux remparts. L'ennemi est en nombre et a la force avec lui ! La victoire l'a grisé et décuple son audace. Ces pourceaux ont soif de sang et d'or. Avant l'aurore, si vous ne prenez pas cette main que je vous tends, nous serons tous morts ! Venez princesse ! En prenant par la falaise, cinq drakkars attendent vos ordres. Nous n'avons que le temps... si les vents nous sont favorables, peut-être pourrons-nous encore leur échapper.

– Mais Halking... Mon père...?

– S'il plaît à Dieu, ils auront échappé au carnage. Vite, donnez vos ordres !

– Je ne peux m'enfuir ainsi, sans savoir, fit-elle en regardant l'armée ennemie s'approcher du château. Que ces navires ne m'attendent pas, déclara-t-elle, je ne partirai pas !

– Princesse, reprit Wirlock, votre père m'a ordonné de veiller sur votre sauf-conduit. Si par force je dois m'acquitter de ma tâche, je le ferai !

Logrid quitta sa fenêtre. Le jour naissait. A l'horizon, les torches ennemies brûlaient par milliers. Le fracas des armures, les cris désespérés dans les couloirs et la rumeur des chants guerriers précipitaient sa fuite. Il lui fallait partir, maintenant ! Elle s'approcha du vase et prit la rose entre ses doigts.

– Cette rose est preuve que mon amour est vivant, tant et aussi longtemps qu'il y aura un pétale à cette fleur je l'attendrai, car l'amour que j'ai pour lui n'a pas plus de frontières que les cieux n'ont d'infini...

– Plaise à Dieu qu'il en soit ainsi, lui répondit Wirlock en l'invitant à se presser.

Derrière la ligne d'horizon, le soleil émergeait. Une pluie d'or tombait en cascade du flanc des montagnes jusqu'aux tourelles du château. Logrid tendit le bras, comme si par ce geste elle eût voulu retenir entre ses doigts les premiers rayons du jour.

– Mon amour ! murmura-t-elle, entends ma voix, prends ma main, qu'elle puisse t'éclairer à travers les ténèbres et te guider vers moi. Puisse Dieu à nouveau unir nos destins...

Le château était en flammes. Les cinq drakkars sortaient des eaux profondes du fjord. A la poupe du premier, Princesse Logrid regardait s'enfoncer dans la brume les pics majestueux, les pentes rocailleuses ourlées de sapins, paysages de son enfance qu'elle devait quitter dans l'exil.

Rompus à la manœuvre, les hommes d'équipage s'affairaient autour des gréements. Les voiles déployées au vent se gonflèrent comme des outres de vin. La houle se fit plus soutenue et les navires se mirent à creuser les brisants.

Une épaisse fumée noire s'élevait des tourelles en feu. Swaal sanglotait aux côtés de la princesse dont le courage et la dignité forçaient l'admiration de tous.

Wirlock était à la proue du navire. Il scrutait le large avec inquiétude, redoutant une ultime ruse d'Harkal et Thorgil pour lui couper la route. Mais ne voyant aucune voile apparaître, il finit par se détendre et se rapprocha de sa jeune protégée. Comme elle frissonnait, il jeta sur ses épaules son lourd manteau d'hermine et la serra avec tendresse contre lui. Princesse Logrid se laissait faire, tout à ses pensées. Nul doute que la souffrance et la nostalgie travaillaient déjà en sa faveur, songea-t-il.

– Plein nord-est ! ordonna-t-il à l'équipage. Sous peu, plaise à Dieu, nous serons en vue des terres du cousin de notre bon roi, sa majesté Ruthfall.

Ce disant, il avait brandi son épée dans la direction souhaitée. Puis il s'écria :

– Longue vie à princesse Logrid !

– Longue vie à princesse Logrid ! reprit d'une seule voix l'équipage. La princesse demanda le silence d'un signe de la main.

– Fidélité vous m'avez donnée et je saurai ne pas l'oublier. Que tous ceux ici présents soient bénis de Dieu. Si telle est la volonté de Notre Seigneur, nous irons donc en exil, mais demain nous reviendrons venger nos frères et nos sœurs, nos mères et nos pères. Le sang de nos enfants assassinés ne restera pas impuni ! La justice de Dieu est celle du Roi ! Je n'aurai de répit que lorsque je verrai pourrir au bout d'un pieu, les têtes viles d'Harkal et de Thorgil ! Que Dieu nous accompagne, louons le Seigneur !

Wirlock présenta son épée comme la croix du Christ. Tous s'agenouillèrent en se signant. Un murmure de prière se perdit dans le sifflement du vent. Des autres drakkars, distants seulement de quelques mètres, la voix de la princesse s'était aussi fait entendre. La même clameur fut reprise sur chacun des navires et roula dans l'air comme un grondement de tonnerre.

Le vent se déchaînait. Il fallut bientôt écoper sans relâche les paquets d'eau qui déferlaient sur le pont comme milliards de grêlons. Les plus vaillants secondaient les plus faibles.

A la nuit tombante, le vent mollit et le froid se fit plus mordant. Les drakkars, ombres fugitives, glissaient en silence. Sur l'étendue sombre miroitaient les astres.

Les deux jeunes filles se reposaient sous une même couverture. L'obscurité se peuplait de sanglots, de râles et de cris d'enfants que brisait le fracas régulier des lames contre les coques des navires.

Éclairés de torches de résine, ces derniers ressemblaient à des flammes errantes. La mort se mêlait au sommeil et prenait l'âme des plus faibles.

A l'aurore, on jeta par-dessus bord les corps de six hommes. Dans la débâcle physique et morale de ce long périple, les anciennes superstitions refaisaient surface, comme sorties des fonds marins. Les prières s'adressaient autant à Thor et à Odin qu'au dieu des Chrétiens.

Deux autres nuits se succédèrent. Une tempête avait emporté l'un des navires, un autre manquait et ne répondait pas aux appels de la corne de brume. Ballottés sur une mer capricieuse, accablés de fatigue, tous se résignaient à l'attente.

Dans ce climat funeste, Wirlock manœuvrait habilement pour que la détresse et le désespoir de la princesse puissent servir sa cause. Il se montrait attentif, compatissant, et faisait en sorte d'être toujours là pour la réconforter. Il travaillait à son dessein et, feignant tour à tour l'indignation ou la colère, parlait de vengeance et de justice.

Princesse Logrid l'écoutait, le regard tourné vers la nuit, la rose enveloppée dans un mouchoir en soie. « Aussi longtemps que cette rose vivra, je croirai à son retour... », murmurait-elle parfois au vent.

Wirlock ne disait rien, convaincu de briser en temps voulu cette croyance naïve. Cependant, un doute subsistait. Et s'il n'avait pas tué Halking, si la rose disait vrai ?

Princesse Logrid se mit à songer à cet inconnu qui allait sous peu la recueillir. Elle n'avait encore jamais vu son cousin, le Roi Ruthfall. Elle tentait de se rappeler les paroles de son père : « Un homme valeureux, fort comme dix, robuste comme un chêne. Il est de ces êtres nés pour conquérir et gouverner. Sa loyauté, son courage et son sens de la justice en font un souverain sans pareil ! »

Le pain et l'eau commençaient à manquer. Personne n'avait prévu une aussi longue traversée, sauf Wirlock. La crainte de voir l'ennemi lui barrer la route l'avait en effet incité à faire un plus long détour vers le nord.

– Seigneur Wirlock, approchez, je vous prie, dit un soir princesse Logrid.

Comme il en avait pris l'habitude, il obéit avec une soumission feinte et baisa la main qu'elle lui tendait.

– Depuis combien de temps connaissez-vous sire Halking ? lui demanda-t-elle.

– Eh bien... Depuis toujours ce me semble. Son père et le mien étaient compagnons d'armes.

– Comme je vous envie d'avoir grandi avec lui ! Je l'aurai si peu connu. Il ne me reste désormais que des sanglots et cette rose...

– Allons princesse, ne parlez pas ainsi. Il faut espérer... S'il est vivant, il vous reviendra...

– J'aimerais vous croire ! fit-elle en appuyant légèrement sa tête contre son épaule. Wirlock bomba le torse et regarda l'horizon d'un air victorieux. Ce premier abandon augurait bien de l'avenir.

– Ma tendre amie, dit-il en lui relevant le menton, sire Halking est un valeureux guerrier, s'il en a réchappé, il saura bien vous retrouver...

– Croyez-vous qu'il soit vivant ?

– La rose seule le sait...

Tard dans la nuit, il vint veiller sur son sommeil. Il brûlait d'envie de caresser sa joue, d'étendre sa caresse sur son cou. L'embrasser, l'étreindre enfin ! Mais il se garda bien de commettre une telle imprudence. Patience ! se dit-il, patience, mon jour viendra !

Les navires ondulaient sur une mer tranquille. Les cordages grinçaient à la houle et un silence de mort planait au-dessus des voiles qu'agitait un léger souffle. Un mince filet de lune courait à la surface des flots. Wirlock était au gouvernail. En reconnaissant parmi les hommes d'équipage endormis ses trois complices, son visage s'assombrit.

Au matin, le vent se leva, gonflant à nouveau les voiles. La corne de brume lançait de temps en temps un long beuglement dans l'espoir de se faire entendre, car tous pressentaient que les côtes n'étaient plus très loin. Mais les flots gardaient jalousement les trois nacelles au milieu du néant.

– Plus de six jours déjà que nous errons de par la mer et point de terre, se désespérait princesse Logrid... Se pourrait-il que Dieu nous ait abandonnés ?

– Dieu ne nous abandonne pas, ce sont les vents. Leurs caprices nous jouent de bien vilains tours. Mais au nord, s'il plaît à Notre Seigneur, les côtes surgiront des brumes avant demain.

Wirlock disait vrai. A l'aurore du septième jour, un essaim de mouettes tira les hommes de leur somnolence.

– Terre ! Terre ! cria bientôt l'un d'eux.

Tous se précipitèrent à la proue des navires. En voyant de hautes falaises, les hommes laissèrent éclater leur joie. Le soleil émergeait au-dessus d'un pic et plongeait ses rayons de feu dans l'eau bleue d'un immense fjord. Chacun retourna à son poste.

Les rames se dressèrent ensemble vers le ciel puis vinrent fouetter la surface d'un même élan. Les trois drakkars s'alignèrent les uns derrière les autres et remontèrent le courant, s'enfonçant dans les veines d'une nature sauvage dont ils étaient le prolongement humain.

Peu à peu les falaises s'affaissaient pour donner naissance à des criques. La terre s'ouvrait, plus accessible.

Ordre fut donné d'accoster. Les navires vinrent s'échouer le long d'une grève bordée de sapins. On dressa des tentes, on alluma un feu. Par prudence, Wirlock envoya quelques hommes reconnaître les lieux et posta des sentinelles autour du camp. Mieux valait être sur ses gardes.

Après trois jours pleins, On abandonna tout espoir de voir réapparaître le navire manquant. Une épée fut plantée en guise de croix sur un tertre élevé et Princesse Logrid récita une oraison à la mémoire des disparus.

Chapitre 5

L'Ogre blanc

SA MAJESTÉ RUTHFALL avait eu vent de la désastreuse expédition menée par son cousin et ne parut nullement surprise de l'arrivée des trois drakkars. Des sentinelles l'avaient informée de la progression des navires.

Mais cette venue ne l'enchantait guère. Elle se produisait à un moment qui ne lui était pas favorable. Car ici aussi les temps étaient au conflit et à la révolte. Il ne se sentait pas l'âme d'un père adoptif. Outre ses vassaux qui guerroyaient sans cesse pour leur propre compte et dont la seule ambition était d'agrandir leur autorité, il devait faire face, à la frontière sud du royaume, aux Saxons qui, avertis de ses tourments, opéraient des incursions meurtrières. Il ne pouvait compter que sur lui-même et sur quelques seigneurs aussi vieux que lui. Certes, il avait encore assez de poids aux assemblées de l'Alting pour se défendre et imposer sa loi. Son physique impressionnant, la véhémence de ses propos, lui valaient toujours crainte et respect. Mais son pouvoir s'effritait. Son temps était révolu. Le vieux roi, surnommé l'Ogre Blanc, en avait conscience. Ce n'était qu'une question de temps avant qu'on lui retire de force sa couronne. Le peuple, quant à lui, l'aimait par habitude et nostalgie, car son règne entrait dans sa trentième année.

Tandis que les navires s'amarraient aux quais, le vieux roi se souvint de la requête de son cousin. « Si la mort venait à m'emporter, prends sous ta protection ma fille et accompagne-la vers demain comme si tu étais son propre père. Fais en sorte qu'elle soit une future souveraine et parle-lui un peu de moi de temps en temps pour que je vive dans sa mémoire ! »

Le roi avait acquiescé à sa demande, par courtoisie, sans se douter que ce jour viendrait si vite.

L'Ogre blanc était devenu méfiant et n'apparaissait plus sans une énorme hache à la ceinture et une amulette à tête de loup au cou. Converti au christianisme pour maintenir un semblant de paix avec ses voisins saxons, il restait profondément attaché aux anciens cultes. C'était à Thor et Odin que ses prières allaient, ses offrandes leur étaient destinées. D'ailleurs le peuple lui non plus ne croyait pas au Sauveur de Nazareth. Farouchement hostile aux cultures du sud, il continuait d'aduler les dieux glorieux qui avaient jadis donné tant de puissance au pays. « Le sud nous appauvrit » protestait-il. Le vieux Roi ne disait rien. Il savait le peuple plus enclin à se battre pour les dieux du tonnerre, de la guerre ou du fer que pour celui des

Chrétiens. Il avait là un formidable allié. Mais la richesse et le pouvoir, l'avenir, appartenaient à l'Eglise. C'était devant elle que se prosternaient les seigneurs du royaume.

Au château, fourberies et traîtrises étaient de mise. Des complots se tramaient tous les jours, on chuchotait sur son passage. L'ombre de la mort planait dans les couloirs austères et son pas résonnait comme celui d'un condamné. Conscient du danger, l'Ogre blanc attendait dignement la main lâche qui viendrait le frapper.

– Allez quérir sous bonne escorte nos invités et faites préparer une chambre royale ! Qu'on dresse un banquet ce soir en leur honneur !

Le soleil était à son déclin quand Princesse Logrid rencontra pour la première fois son cousin le Roi.

– Sire... fit-elle en s'inclinant.

– Relevez-vous mon enfant et haussez ce menton que je puisse mieux vous voir !

La fatigue de la traversée n'avait en rien altéré sa beauté. Vêtue d'un long bliaut blanc à manches crêpées, les cheveux recouverts d'une coiffe ceinte de rubis, elle était resplendissante et son front portait la noblesse de sa lignée. Cette fierté blessée, cette grandeur dans le deuil et l'exil, plurent au Roi. Le même sang ne coulait-il pas dans leurs veines ?

– Vous êtes aussi belle que feu votre mère, lui dit-il en l'invitant à s'asseoir à ses côtés. Princesse Logrid regarda son cousin avec un mélange de reconnaissance et de gène. Le silence qui suivit allia leurs premières impressions et tissa une affection réciproque.

– Vous êtes ici chez vous ! dit-il, ainsi en a décidé mon bon cousin ! Je tiendrai parole et serai pour vous un père jusqu'à ce qu'il revienne ! En attendant, disposez de ce château selon votre convenance.

Vous aurez des demoiselles de compagnie, des troubadours pour vous égayer, et...

– Sire..., l'interrompit-elle, vous me voyez obligée mais, je vous le dis en toute franchise, pour combler mon ennui et rendre à mon cœur cette légèreté que l'on dit propre à la jeunesse, rien ne me plairait tant que de revenir en mon pays, l'épée levée...

– Vous me voyez contraint, ma douce amie, de ne point adhérer sur-le-champ à votre requête, fort louable au demeurant. J'approuve certes votre soif de vengeance, mais il est ici des couardises qu'il me faut mater au préalable. Reposez-vous, pansez vos blessures et apprenez la patience. C'est elle qui vous donnera la détermination et la perspicacité nécessaires à la victoire. Celui qui s'empresse de venger un affront se perd dans sa propre colère. La haine l'aveugle et son épée frappe à tous vents sans jamais atteindre son but.

Princesse Logrid ne dit mot et se retira jusqu'au soir dans la tourelle qu'on lui avait apprêtée pour n'en ressortir qu'au son des trompettes annonçant le festin organisé en son honneur.

Dans la salle plénière, des tréteaux nappés de draps de soie rouge formaient un immense arc de cercle au milieu duquel jouaient et dansaient drôles et nains aux sons joyeux des harpes et des vielles. L'atmosphère était à la fête. Des jeunes filles aux longues tresses blondes, tout habillées de blanc, remplissaient sans relâche les coupes que leur tendaient chevaliers et seigneurs. Dans l'air enfumé de graisse et de viande rôtie, le vin coulait à flots et des éclats de rires s'élevaient çà-et-là comme des coups de tonnerre. Mais sous l'apparente bonne humeur générale se cachait l'ombre de la traîtrise. Chacun épiait son voisin, tentait de déceler l'ami ou l'ennemi de demain.

Rien de tout cela n'échappait au Roi. Un mot, un murmure, un geste plus audacieux qu'un autre et d'un seul regard, il coupait court aux bavardages ou au complot qui se tramait, rétablissant ainsi son autorité et rabaissant pour un temps les prétentions des plus téméraires. On mesurait alors la formidable emprise qu'il exerçait encore, et chacun finissait par s'incliner, reconnaissant par cette allégeance la toute puissance du vieux souverain.

Afin de parer à toute éventualité fâcheuse, des hommes en armes veillaient sur les convives, prêts à intervenir. Postés derrière le trône, six colosses se portaient garants de la sécurité personnelle du souverain. C'étaient de vieux guerriers qui avaient partagé ses victoires et ses défaites, ses rires et ses larmes depuis plus d'un demi-siècle. Ceux-là lui étaient dévoués corps et âme, n'auraient pas hésité à tuer leur propre mère sur un simple geste du Roi. Avec leurs barbes portées à l'ancienne, leurs manteaux de peau de loup sur les épaules et une lourde ceinture sertie de figurines à têtes de morts, ils étaient terrifiants à voir. Aucun sentiment, pas le moindre signe d'humanité ne transparaissait sous les lignes dures de leurs visages rongés de cicatrices.

L'atmosphère tendue du festin n'échappait pas aux invités. Si ces rivalités laissaient Wirlock songeur, elles désolaient princesse Logrid que le tumulte incessant des hommes, leur arrogance et leur fierté belliqueuse effrayaient. Certes, elle-même désirait prendre les armes pour venger les siens, mais cet état d'esprit était étranger à sa nature. Hélas, la guerre appelait la guerre, le sang le sang, et ici comme ailleurs, l'homme était semblable à lui-même, capable du pire plus souvent que du meilleur. Sa tristesse ne passa pas inaperçue aux yeux du Roi.

– Eh bien, cousine ! Quelle est cette ombre sur votre visage ? lui dit-il, se penchant vers elle. Musiciens ! rugit-il en se redressant sur son siège, ce qui fit tressaillir l'assemblée et converger les regards vers la table royale, votre musique ne se fait point entendre comme il se doit ! Approchez et faites en sorte qu'elle atteigne le cœur de mon invitée et l'égaye, sinon il vous en cuira !

Une nuée de nains et de drôles accourut pour exécuter des tours de magie. La musique reprit de plus belle.

– Il vous vaut repousser ces élans de tristesse et voir à ce que demain soit un jour plein, lui dit-il à l'oreille, votre combat passe par ce chemin. Le temps et la patience sauront armer votre bras à sa juste mesure. Ne renoncez point mais apprenez à survivre si vous ne pouvez vivre. Ainsi donc, poursuivit-il en haussant la voix et en se tournant vers Wirlock, mon cousin le Roi Hidegaard vous a confié la charge de mener sa fille jusqu'à moi !

– Si fait, votre Majesté. La veille de combattre, alors que la plaine tremblait du sabot des chevaux ennemis qui se rapprochaient du campement royal, il me l'a demandé.

– Eh bien, racontez-moi chevalier ! J'ai grande envie d'apprendre de votre bouche par quel heureux hasard vous êtes arrivé à passer à travers un aussi grand nombre d'ennemis sans vous faire prendre !

Wirlock se redressa sur son siège et prit une posture solennelle. Le ton du roi ne lui disait rien de bon. Il avait d'ailleurs fort bien compris que ce dernier ne l'aimait pas, ceci dès l'instant même où il lui fût présenté. Il allait falloir se montrer prudent. Il raconta tout d'abord des faits d'armes qui mettaient en exergue la bravoure et la force du Roi. Il tentait de gagner l'auditoire à sa cause en y allant d'une éloquence qui lui était propre. Wirlock n'avait pas été long à comprendre que nombre de jeunes chevaliers rêvaient de conquêtes. Il y avait bien trop longtemps qu'on ne s'était battu par ici. La paix relative que connaissait le royaume exaspérait les plus jeunes, avides de prouesses. Aussi ne furent-ils pas insensibles aux paroles vaniteuses et belliqueuses qui éveillaient leur âme guerrière. Le Roi, soudain, se leva et, du revers de la main, mit fin à son discours. Les six colosses, surpris, se rapprochèrent, la main sur le pommeau de leur épée. Un silence glacial tomba sur la salle.

– C'est assez de belles paroles ! fit le souverain d'un ton courroucé. Si votre épée est aussi habile que votre langue, la guerre doit vous paraître fort ennuyeuse ! On vous dit courageux et téméraire, cependant, on m'a parlé d'un homme d'une force égale à la vôtre et que mon bon cousin affectionne au point qu'il a, s'il est toujours en vie, l'intention de lui donner la main de Princesse Logrid ! Je n'arrive pas à comprendre pourquoi, alors qu'il s'apprêtait à combattre, il n'a pas jugé utile de confier l'avenir de sa fille à cet homme qui avait toute son estime et sa confiance. Ce Halking était-il encore vivant lorsque vous vous êtes enfui ?

– *Enfui* n'est pas le terme exact ! rétorqua Wirlock en se dressant à son tour de son siège. Les six cerbères l'entourèrent aussitôt. Comme je vous l'ai conté, poursuivit-il sans fléchir du regard, c'est à mon Roi que j'obéis en le quittant ce matin là. Halking, quant à lui, préféra lutter aux côtés de Sa Majesté qui n'avait pas réussi à le convaincre. Il faut croire que le salut du Roi, encore incertain en ce jour, prévalait à ses yeux sur la sauve-conduite de sa fille. Non pas qu'il n'eût plus d'amour pour vous, loin de là ma pensée, fit-il en s'adressant à princesse Logrid, mais il est des liens de sang, des fraternités guerrières qui sont plus fortes que l'amour ! Si Halking l'avait voulu, c'est lui qui serait ici à ma place !

– Vous parlez de lui comme s'il était mort. Se pourrait-il qu'il eût échappé à la mort, lui et le Roi ?

– J'en doute fort, votre Majesté, car en quittant le campement royal, l'ennemi surpassait en nombre nos valeureux guerriers et je les revois tous deux, l'épée levée, encerclés par mille hommes avides de sang et de victoire...

– Pourtant, poursuivit l'Ogre blanc d'un air désinvolte, dans ce récit fort bien ficelé, quelque chose me contrarie et échappe à mon entendement...

Logrid, excédée, se leva à son tour. Les colosses resserrèrent leur rang autour des invités.

– A la parfin, Majesté, je ne vois pas les raisons qui vous poussent à douter de la bonne foi du Seigneur Wirlock. J'ai en lui toute confiance...

– Votre confiance peut être trompée par les larmes de votre amour et par l'insouciance de votre jeune âge, l'interrompit le Roi. Cet homme porte sur lui une intrigue que je le veux entendre m'expliquer sans délai ! s'écria-t-il en désignant du doigt la dague que portait Wirlock à la ceinture. Ce poignard, ce me semble, est celui de mon cousin ! Je le reconnais bien pour le lui avoir offert moi-même. J'entends encore ses paroles : « Mourir est un long voyage. Il ne faut jamais partir les mains vides car au détour de la mort, qui sait ce que nous trouverons avant d'atteindre le Walhalla ! J'emporterai avec moi cette dague et jamais ne m'en séparerai ! Elle sera mon dernier lien avec les vivants et m'éclairera dans l'au-delà par la clarté de sa lame... » Ainsi parla mon cousin ! A la pensée de mourir, c'est aux dieux véritables qu'il confiait son destin et non à ce dieu des pauvres qui est devenu le vôtre ! crut-il bon d'ajouter à l'attention de l'auditoire qui suivait l'affaire sans souffler mot. Aussi me voyez-vous fort étonné de voir que mon cousin faillit à sa parole, ou prétendrez-vous que cette arme ne fut point sienne ?

Une rumeur gronda dans la salle. D'un geste, le Roi mit fin aux bavardages. Wirlock avait blêmi et se tenait immobile. Les six colosses ne le quittaient plus des yeux. Logrid, contrariée, fixait le sceau royal incrusté sur le manche. Il lui fallait répondre, rassurer.

– Si fait, votre Majesté, ce poignard est bien celui de mon bon Roi, déclara-t-il en balayant du regard l'assemblée, je ne doute pas de ses paroles mais je ne peux que répéter ce qu'il m'a dit. Peut-être, à la veille de livrer bataille, Sa Majesté crut-elle bon d'armer mon bras de sa dague, afin qu'elle pût être le prolongement de son autorité et témoigner ainsi de sa confiance en moi...

– Je doute qu'il en fut ainsi ! déclara le roi.

– Il suffit, Majesté ! fit la princesse en frappant du poing la table. Le roi, qui s'était rassis, la regarda avec étonnement. Ce mouvement d'humeur marquait un trait de caractère qui n'était pas pour lui déplaire.

– Eh bien, mon enfant ! Je vous écoute...

– Majesté, reprit la princesse d'une voix claire et cinglante, sire Wirlock ne mérite pas votre suspicion. Il a maintes fois par le passé prouvé sa loyauté envers le royaume. J'ai en lui la plus grande confiance et lui dois la vie. Si aujourd'hui je suis à vos côtés c'est grâce à son courage ! Je ne puis davantage tolérer ces questions insidieuses et désobligeantes. Je suis lasse de toute cette tourmente. Il n'y a point de couardise autour de cette table. Si la rose dit vrai, Halking viendra sous peu confirmer les dires de Wirlock !

– Comme il vous plaira ! lui répondit le roi. Cependant, votre indignation n'apaise pas ma méfiance, car la parole de mon cousin vaut à mes yeux plus que celle de tous ses chevaliers réunis ! Seul Sire Halking saura calmer mes inquiétudes, s'il a par miracle échappé aux mains de l'ennemi ou à celles de la traîtrise... Attendons son prompt retour ! conclut-il en levant sa coupe, puisque la rose nous y convie ! Joueurs, musiciens, je ne vous entends plus, suis-je donc devenu sourd ? Allons, fêtons ce moment et buvons au retour prochain du preux chevalier Halking !

– Au sire Halking ! reprit la foule d'une seule voix.

L'atmosphère se détendit. On remplit les coupes et tous oublièrent l'incident, sauf Wirlock. Il allait falloir faire preuve de vigilance, mais pour l'instant, il avait une alliée sûre. Princesse Logrid l'avait défendu ! Sans doute ce long voyage, l'intimité de l'exil, l'inclinaient-elle à quelque tendresse, prémisses d'un amour véritable ? Mais le temps pouvait agir autrement sur sa confiance.

Il se montra affable et participa de bonne grâce à la fête. Complaisant à l'égard de tous, il évitait cependant les regards obliques du vieux Roi qui continuait de l'observer. Les six colosses, quant à eux, n'étaient jamais loin de lui. Ceux là n'avaient pas besoin de preuve pour se convaincre de sa culpabilité.

Il était livré à ses pensées quand il reconnut ses hommes de main ripaillant joyeusement à une table. L'un d'eux avait pris par la taille une servante et tentait de l'embrasser contre son gré. Le Roi était rusé. Il pouvait enquêter et tout découvrir, car les aveux qui enrichissent valent mieux que la fidélité. Ces trois gaillards pouvaient compromettre ses ambitions.

Chapitre 6

Vive le roi

UNE ANNÉE S'ÉCOULA. Chaque matin, Princesse Logrid venait aux nouvelles. Hélas, toujours rien, lui répondait invariablement son cousin le Roi. La malheureuse regagnait alors ses appartements pour n'en ressortir que le soir venu. L'attente et le désespoir la rongeaient et le vieux souverain, tout comme Wirlock, ne pouvaient que déplorer cette tristesse solitaire dans laquelle elle s'abîmait. L'Ogre blanc tenta de la raisonner, de l'arracher à sa mélancolie en multipliant fêtes et tournois, mais rien n'y fit. Wirlock, quant à lui, opérait avec des flatteries calculées qui la laissaient songeuse. Mais il n'avait pas encore gagné son cœur. Le souvenir du chevalier

Halking continuait de faire obstacle à ses desseins, car la rose ne se fanait pas. Son spectre errait dans les couloirs du château comme dans sa conscience et menaçait toujours son ambition.

Si Princesse Logrid s'enfermait dans une solitude amoureuse, elle n'était pas seule à vivre en recluse. Swaal l'imitait depuis plusieurs jours mais pour des raisons bien différentes...

Désemparée, ne vivant plus que dans la peur, elle implorait Dieu de la délivrer d'un terrible secret.

Tout avait commencé après un banquet bien arrosé. Afin d'éviter les couloirs jonchés de soldats ivres, elle avait fait un détour par les caves quand trois hommes titubants déboulèrent dans la même allée. Elle s'était dissimulée derrière une colonne et avait alors entendu d'étranges confidences.

– A la santé de ce pauvre Sire Halking ! avait déclaré l'un d'entre eux.

– Pauvre Sire ? avait rétorqué un deuxième, le bougre n'est pas à plaindre ! Il est au Walhalla ! Il boit et danse tandis que nous, nous attendons que messire Wirlock daigne enfin nous donner ce qu'il nous a promis ! Sa mort devait nous enrichir. Mais point d'or ne voit encore ! Non, buvons plutôt à notre santé !

– A notre santé ! firent d'une seule voix les trois hommes.

Puis ils s'étaient remémoré l'embuscade, singeant même le discours maladroit de Wirlock sur ses sentiments à l'égard de la princesse. Ils étaient passés à côté de Swaal sans la voir et s'éloignaient, lorsqu'elle vit une silhouette sortir de l'ombre. La reconnaissant, elle tressaillit, bondit de sa cachette et s'enfuit en courant. Wirlock s'était retourné, juste à temps pour voir fondre dans l'obscurité une robe blanche.

Dans sa fuite, Swaal avait laissé tomber au pied de la colonne, un mouchoir de soie rouge. Le soir venu, ce même mouchoir dépassait de la manche de Wirlock alors qu'il rendait une visite amicale à la princesse. Elle sentit des regards cruels se poser sur elle, des regards qui pénétraient sa chair comme des lames de couteau. Depuis ce jour, il se mit à l'épier sans relâche et la fit suivre dans tout le château. La malheureuse n'allait pas tarder à payer cher son imprudence.

Un soir, tandis qu'elle priait à la chapelle royale, un courant d'air glacial passa sur sa nuque et les flammes des cierges se mirent à vaciller tandis que résonnait derrière elle un bruit de pas sur les dalles. Elle avait reconnu sur le mur l'ombre terrifiante de Wirlock. Swaal resserra ses doigts autour de son chapelet et redoubla de prières. Une main se posa fermement sur son épaule.

– Est-ce là le vôtre, ma tendre amie ? murmura-t-on à son oreille tandis qu'on agitait un mouchoir de soie devant son nez.

– Si fait, Messire, c'est bien le mien... répondit-elle d'une voix tremblante.

– Où l'avez-vous donc égaré, ma belle ? Vous en souvenez-vous ?

– Ma foi, je ne saurais dire, seigneur Wirlock...

– Je l'ai retrouvé au pied d'une colonne. Vous sembliez si pressée ce soir là que je n'ai pas tenté de vous rattraper...

Wirlock lui releva le menton. Il eut un sourire cruel en la voyant larmoyer.

– As-tu parlé ?

Swaal fit signe que non puis éclata en sanglots.

– Je ne peux hélas courir aucun risque, si près du but ! dit-il en lui caressant la nuque. Swaal tremblait comme une feuille.

– Messire, ne tardez point, ce lieu n'est pas sûr ! fit une voix à l'entrée de la chapelle.

– Allons ma douce, il est temps de nous séparer. Que Le Seigneur entende tes prières, grigna-t-il en lui serrant le cou de ses mains puissantes.

Logrid, bouleversée par la terrible nouvelle, sanglotait dans ses appartements.

– Swaal...? Morte noyée, dites-vous ? Comment cela est-il possible...?

Wirlock se tenait à ses côtés, feignant l'accablement. On avait retrouvé le corps de la malheureuse en aval du fleuve, le matin même, lui avait-on rapporté. Les jours suivants princesse Logrid dépérit et se replia un peu plus sur elle-même. Mais ce meurtre déguisé allait servir la cause de Wirlock bien mieux qu'il ne l'aurait espéré. Le malheur qui l'accablait incitait la jeune femme à se réfugier dans l'évocation de souvenirs, et qui mieux que Wirlock pouvait-il la comprendre ? Son nom n'était-il pas lié à son enfance, à cette autre vie si brutalement brisée par la guerre et l'exil ?

Wirlock se réjouissait de l'occasion inattendue et manifesta habilement son dévouement pour elle, embrassant son désir de vengeance, ne parlant bientôt plus que de lever un ost, si seulement le roi pouvait entendre raison... Par ce stratagème, il entendait isoler le vieux souverain, seul obstacle à son ambition, et qui jusqu'à présent, refusait obstinément toute idée de guerre. Wirlock savait qu'il pouvait compter sur l'appui des seigneurs du royaume. Ces derniers se tenaient prêts à le suivre, pourvu qu'au bout du voyage il y eût de l'or et de la gloire.

L'Ogre blanc n'était pas dupe des agissements de Wirlock. Il le faisait suivre en permanence par des hommes sûrs qui lui rapportaient la moindre parole retenue sous le manteau.

L'hiver s'acheva dans un climat d'intrigues et de complots. Puis la neige se retira sous la caresse précoce du printemps, libérant de son emprise une nature encore endormie.

Si le temps passait, Logrid demeurait inconsolable. Sa candeur d'autrefois s'était effacée pour laisser place à un visage plus sévère et prompt à la colère.

Le Roi déplorait la situation mais, malgré ses efforts pour éloigner Wirlock de son entourage, il ne parvint qu'à s'attirer une rancœur tenace de la part de sa cousine qui lui en voulait de sa prudence excessive. C'eût été suicide, disait-il. Wirlock, quant à lui, jubilait. Combien de temps encore avant que le vieil homme passe pour un lâche et un faible ?

Il avait aussi manœuvré de sorte que les Saxons pénètrent plus profondément les terres du royaume et s'y livrent au pillage, afin d'affaiblir l'autorité déjà menacée du Roi.

Ce dernier hiver avait considérablement vieilli l'Ogre blanc. Ses forces déclinaient. Il ne pouvait plus ignorer l'aspiration des jeunes seigneurs du royaume à la guerre, peu importe laquelle, où qu'elle se déroulât, pourvu qu'il y eût une guerre pour asseoir le triomphe de Dieu et nourrir l'orgueil des hommes !

Wirlock savait galvaniser les troupes avec de belles paroles aux accents belliqueux. On le considérait désormais comme un vrai chef. Le temps était au renouveau. Un sang vif coulait dans les jeunes veines, un sang orgueilleux, vaniteux, qui n'avait pas connu la douleur des blessures et des défaites. Le vieux roi se trouva de plus en plus isolé. Aigreur et solitude devinrent ses compagnes.

Puis, un matin de printemps, on le trouva mort dans son lit.

Cette issue providentielle servait à merveille les intérêts de Wirlock. Quand ce dernier annonça son intention de succéder au défunt, personne ne songea à protester. Il fallait en effet un homme fort pour combattre fermement le chaos et la zizanie qui régnaient au royaume et y rétablir l'ordre. Qui d'autre que Wirlock pouvait incarner pareille autorité ?

On respecta la coutume et les croyances du vieux souverain au grand dam de l'évêque du château.

Le corps fut soigneusement déposé dans un drakkar et nul ne s'opposa au souhait des six colosses de suivre leur maître dans la mort en prenant place à ses côtés. Puis on poussa le navire à la dérive après y avoir mis le feu en jetant à bord des torches de résines enflammées.

Logrid, à la droite de Wirlock, observait, impassible, le brasier s'étendre sur la nacelle, consumer dans un crépitement funeste le gréement puis les voiles avant de lentement décliner et s'éteindre au contact de l'eau. La mort se retirait, emportant avec elle le souvenir de son cousin, le Roi Ruthfall.

– Mon ami, dit-elle avec solennité, maintenant que vous allez devenir Roi, ne tardez point à honorer votre parole et pensez sans attendre et sans détour à lever un ost pour venger mon peuple !

Ce disant, elle s'était appuyée à son bras et fixait l'horizon d'un air songeur.

– N'ayez crainte, je veillerai à ce que cela soit fait ! lui répondit-il sans rien montrer de l'émotion qui l'étreignait. Puis il prit congé et regagna le château, suivi des chevaliers en armes les plus prestigieux du royaume, la laissant à ses souvenirs et aux ombres du passé. Il n'y aura pas de reconquête. Sous peu, ma belle, tu seras mienne, songea-t-il confiant, et ton fantôme ne sera plus qu'un lointain souvenir...

L'Alting confirma la volonté des seigneurs du Royaume de voir Wirlock accéder au trône. Ne lui manquait plus qu'une reine.

Une grande messe fut célébrée pour souligner le couronnement du nouveau roi. Wirlock, soucieux d'associer Princesse Logrid à l'évènement, avait fait en sorte que ce jour glorieux soit aussi le sien. La fête qui suivit fut organisée de façon que sa présence devienne aux yeux de tous indissociable du trône. Les acclamations de joie, les allégeances des seigneurs voisins conviés au banquet allaient d'ailleurs dans ce sens.

– Vive le Roi Wirlock, vive Princesse Logrid ! s'écriait de temps à autre un convive en levant sa coupe.

– Vive le Roi Wirlock, vive Princesse Logrid ! reprenait un autre au milieu des rires et des chants qui rythmaient la soirée.

– L'on semble tant vous aimer... lui glissa à l'oreille Wirlock.

Elle avait baissé les yeux mais n'avait point retiré la main qu'il lui avait prise. Wirlock sentit son cœur se gonfler d'une folle espérance.

Les jours suivants ne furent que fêtes et tournois donnés en l'honneur du nouveau souverain. Tous les chevaliers et nobles du royaume vinrent au château prêter serment d'allégeance, apportant, qui des chevaux, qui de l'or, qui des armes. Les alliances, la veille secrètes, se dévoilaient au grand jour. Quant à ceux dont on avait douté, ils furent écartés, beaucoup disparurent mystérieusement, comme les trois complices de Wirlock. Tandis qu'une main de fer s'abattait sur le château, des cohortes de soldats furent envoyés vers le sud pour repousser les Saxons et sécuriser les frontières. Les mois passèrent. L'hiver revint recouvrir la terre et le cœur de Logrid qui, recluse dans sa tourelle, continuait d'espérer le retour du chevalier Halking. Wirlock remettait toujours au lendemain la guerre promise à Harkal et Thorgil. Il voulait gagner du temps, l'incliner à oublier le passé et à prendre sa main.

– Lorsque je saurai le royaume un lieu sûr pour vous, je cinglerai sans délai vers notre pays, ma douce amie, à la tête d'une armée puissante que ces chiens de barbares ne pourront repousser. Avant le prochain hiver, vous serez au château de feu votre père, votre humiliation à jamais lavée du sang ennemi. Mais pour l'heure, je ne peux m'éloigner d'ici sans garantie de votre sécurité.

– Sire, qu'ai-je donc à craindre en ce château où il suffit de prononcer votre nom pour que les têtes se courbent ? Du reste, point ne veux demeurer ici vous sachant au combat. Cette lutte est la nôtre. Ne me privez pas d'une victoire à laquelle je n'aurais pas pris ma part. Il est de Dieu la volonté que nous rentrions ensemble. Je sais lever l'épée pour l'avoir appris enfant et entends bien être à vos côtés pour vous le prouver…

– Cette guerre est juste et je la mènerai jusqu'à la victoire afin que vous puissiez oublier le passé, mais la guerre est affaire d'hommes. Votre place n'est pas au combat mais ici, sur ce trône qui n'attend que vous... poursuivit-il en serrant ses mains dans les siennes.

– Oublier le passé dites-vous ? Mais ce serait oublier Halking ! Qu'est-ce vivre si l'on doit renoncer à celui que Dieu vous commande d'aimer ?

– Dieu ! Dieu ! Vous n'avez que ce mot à la bouche ! Dieu ne commande rien ! Il est un vain mot, ma douce amie. Il est en nous, comme la mort. Il vous faut regarder l'avenir en face. Nos cœurs nous appartiennent, seules nos âmes sont à Dieu. Et que dit votre cœur, ma douce amie ? Vous dit-il d'attendre toute une vie pour une passion que la mort a étouffée ?

Princesse Logrid leva vers lui un regard offusqué puis se détourna. Elle s'approcha du feu qui brûlait dans l'âtre et, s'agenouillant, présenta la paume de ses mains aux flammes crépitantes.

– Cette guerre, ô combien juste, ne ramènera pas la paix en votre âme, reprit Wirlock, les morts ne reviennent pas ! Feu votre père vous destinait au trône...

– Avec sire Halking pour Roi ! l'interrompit-elle sans se détourner. Une couronne de fleurs séchées cerclait son front et retenait ses blonds cheveux qui lui coulaient jusqu'aux épaules en filets chatoyants. La moire des flammes la rendait plus belle encore. Le brocart qu'il lui avait offert, il y a quelques jours à peine, fixé par une aigrette de diamants sur son blanc bliaut, ajoutait la couleur de l'or à la virginité de son âme. Wirlock la considéra un moment, troublé par tant de beauté et de détermination à ne pas renoncer à son amour. Même mort et malgré le temps qui passait, Halking continuait de le défier et à s'opposer à son ambition. La jeune femme se releva et prit entre ses doigts la rose séchée dont les pétales ne s'étaient pas encore détachés. D'une voix émue, elle déclara au Roi : chaque pétale qui s'en va est un soupir qui s'éteint, un adieu murmuré dans le creux de ma main. Mais il est vivant ! La rose le dit ! Je le ressens au plus profond de moi et devant Dieu je ne peux renoncer à cet amour qui défie la mort. L'amour que je porte à sire Halking se perpétue dans l'attente que la rose entretient. C'est vrai, je ne suis plus une enfant, votre attention et vos desseins à mon égard sont louables et me flattent… Cependant, sire Halking vivant ou mort, je n'aurai de répit et vous de réponse que lorsque je saurai la vérité !

Une étincelle de cruauté passa dans le regard de Wirlock.

– La vérité ! s'exclama-t-il, la vérité ! Eh bien, je vais vous la conter !

Princesse Logrid recula de frayeur. Wirlock, les mains sur les hanches, glissées sous la ceinture de son manteau ouvert, faisait les cent pas en lui lançant des regards courroucés. Puis il s'avança vers elle et, la saisissant par les coudes, déclara d'un ton sans équivoque :

– Cet homme dont vous parlez si bien n'est plus. Il est mort ! Comme les autres, du reste, mort comme votre père, mort comme votre servante. Mort, je vous dis !

La princesse pâlit.

– Que voulez-vous dire...?

Wirlock eut un ricanement sinistre.

– Vous êtes plus naïve que je ne le pensais. Ce disant, il lui arracha des mains la rose qu'elle tenait encore.

– Mort, répéta-t-il en détachant un premier pétale, mort, poursuivit-il en en arrachant un deuxième, mort par la pointe de mon épée, s'écria-t-il, mort vous dis-je, mort ! Plus rien ni personne ne peut s'opposer à l'amour que je vous porte ! Acceptez cette main que je vous tends encore, je vous l'ordonne, sinon il vous en coûtera !

– Vous mentez ! Dites-moi que vous mentez, messire Wirlock ! s'écria Logrid, épouvantée.

– Mort vous dis-je, mort de ma propre main !

– Seigneur Dieu ! gémit-elle, qu'avez-vous fait ?

Princesse Logrid fixait avec terreur le Roi qui, emporté par sa colère, donnait de violents coups de pied dans les bûches à demi calcinées du foyer, faisant s'élever dans l'air une nuée d'étincelles.

– Il n'est nul besoin de guerre, reprit-il, cela est assez, entendez-vous ? Si demain au lever du jour, je n'ai point votre main, la fenêtre que vous voyez là sera votre seul horizon et cette chambre votre tombe ! Vous n'aurez d'existence que cette longue déchéance et d'avenir que celui de vous voir vieillir ! Que cette rose soit aussi votre sang, puisque tel est votre destin ! ajouta-t-il en détachant le dernier pétale.

La porte se referma dans un cliquetis de chaînes et de verrous.

– Garde ! Que personne n’entre ni ne sorte de cette chambre !

Chapitre 7

Captive

PRINCESSE LOGRID attendit que déclinent les pas du roi, puis s'effondra en larmes. Mon père, mon bel et tendre amour, Swaal ! Tous assassinés par la main amie... Oh Seigneur Dieu, pourquoi ?

Wirlock revint le lendemain et se heurta à la même obstination. Il repartit, vexé, contrarié, mais déterminé à ne plus se montrer conciliant. Sa patience avait atteint ses limites. Princesse Logrid serait condamnée désormais au cachot, à moins qu'elle ne changeât d'avis. Comme on s'étonnait de ne plus la voir, Wirlock fit courir la nouvelle qu'elle était souffrante et alitée, mais s'arrangea toutefois pour qu'elle parût de temps à autres, sous la contrainte, au balcon de sa fenêtre, afin d'apaiser l'inquiétude du peuple.

– Allons ma belle, pourquoi résister ? N'éprouvez-vous donc rien à mon égard ? Ce sire qui fut jadis mon ami n'a pas toujours parlé de vous en bien, lui confia-t-il un jour. Il est de notoriété qu'il aimait la chose et ne s'en privait pas. Les hommes ont des exigences que les femmes ne peuvent comprendre. Ce triste ami n'est pas celui que vous imaginez !

Ses propos n'atteignaient pas le cœur de Princesse Logrid qui, depuis des jours maintenant, refusait obstinément de parler. Son visage ne reflétait plus que mépris et indifférence.

Le temps passant, Wirlock finit par renoncer à ses prétentions et fit en sorte que personne ne pût approcher du donjon où il la retenait prisonnière. Puis, aigri de ressentiments, il annonça aux gens du château que princesse Logrid se mourait d'un mal inconnu. La nouvelle consterna tout le monde. On pria et des cierges furent allumés pour que la mort l'épargnât. Si l'humiliation de ses refus répétés l'incitait à plus de fermeté, en son âme et conscience, il était impressionné par la force morale et la détermination de la princesse à ne pas trahir ses sentiments. Ce trait de caractère lui rappelait ce qu'il avait été jadis, les valeurs qui avaient été les siennes et l'avaient fait chevalier. Il se souvint des faits d'armes aux côtés de Halking, son frère de sang. C'était avant que l'amour ne vînt troubler son cœur. Pour la première fois de sa vie, Wirlock éprouvait des remords. La fermeté de la princesse Logrid dans son amour immortel, si pur et absolu, jetait une lumière crue sur ses propres agissements d'une bassesse indigne d'un souverain. Sa piété, son courage et sa dignité lui renvoyaient le miroir de l'être impie qu'il était devenu. Pour cela, il l'aima davantage et la respecta plus encore. Voilà qu'il devenait prisonnier de ses propres pensées, de ses remords et se tourmentait jour et nuit face aux fantômes du passé. S'il commençait de ressentir de la compassion, il lui était cependant impossible de faire marche arrière.

Cette situation ne pouvait plus durer. Il ne pouvait la garder indéfiniment prisonnière sans éveiller de soupçons. Il fallait en finir. Déjà, le bruit circulait que son amour éconduit, il l'avait fait enfermer. Des nobles, voulant lui apporter réconfort et soutien, insistaient chaque jour un peu plus pour lui témoigner en personne leur affection. Le refus du Roi intriguait et ne faisait qu'alimenter la rumeur. Alors Wirlock n'eut d'autre choix que d'organiser la mort de Princesse Logrid.

On fit de son visage un masque d'argile et bientôt tous purent se recueillir devant la dépouille princière. La parole officielle fut celle-ci : « La mort a défiguré notre bien-aimée Princesse, ce masque nous renvoie à celle que nous avons tous connus avant que la maladie ne ronge sa chair. Puisse son âme monter en paix vers Dieu Notre Père ! »

Au jour des funérailles, les chevaliers et les nobles du château vinrent lui rendre un dernier hommage. Dans la chapelle royale, le cercueil reposait sur un catafalque, entouré d'une forêt de cierges et recouvert de pétales de roses. Des chœurs d'enfants s'élevèrent le long des voûtes en oraisons funèbres tandis qu'au dehors sonnait de clocher en clocher un même glas, propageant dans tout le royaume la triste nouvelle.

Quand Wirlock lui annonça son ultime perfidie, Princesse Logrid ne manifesta aucune émotion.

– Il fallait votre mort pour me délivrer du mensonge, lui expliqua-t-il. Je ne l'ai annoncée que pour apaiser les consciences. Sachez-le, votre mort fut un couronnement ! Le peuple vous aime tant... C'est une reine qu'il enterrait ce matin.

Devant son mutisme et la terrible indifférence qu'elle affichait, il éprouva soudain de la honte au souvenir du sacrilège qu'il venait de commettre. Il se sentit coupable, indigne et, dans un geste de repentance, il se jeta à ses genoux, lui ouvrit les mains et y enfouit son visage.

– Pardonnez l'être qui aujourd'hui vous déshonore mais je n'ai plus de raison et n'entends plus la parole de Dieu tant je suis tourmenté par les sentiments que je vous porte. Vous êtes si belle, si pure, si forte, et moi si vil. J'ai brisé votre vie et celle de celui qui m'était comme un frère. Mais L'amour seul est à blâmer car la mort de Halking me fut dictée par mon aveuglement à vouloir vous aimer. Je ne pouvais concevoir hélas d'avenir sans vous à mes côtés. La jalousie est plus infâme que la guerre, car elle déchire le cœur plutôt que la chair. Il n'est pas de blessure plus profonde que celle de l'âme. Princesse Logrid, ma douce amie, vous me voyez devant vous affligé et tourmenté de mes fautes. C'est à genoux que j'implore votre pardon. Mes sentiments pour vous sont aussi forts que ceux que vous ressentez pour sire Halking, notre souffrance est commune. Je vous ai volé votre bonheur, pour que le mien puisse éclore. Il n'en est rien et je reconnais aujourd'hui ma cupidité et les torts que je vous ai causés. Me pardonnerez-vous un jour ?

Ce long discours n'avait pas fait sourciller Princesse Logrid. La tête encapuchonnée dans un long manteau de zibeline, la jeune femme se murait dans le silence. Elle repoussa les mains qui s'offraient, se leva et le fixa longuement. Elle entrouvrit la bouche, il retint son souffle, prêt à recueillir sa colère ou ses sanglots. Mais la douleur étouffait sa voix. Princesse Logrid se dirigea vers le fond du cachot où se trouvait le bloc d'argile qui avait servi à élaborer son masque mortuaire. Elle considéra l'ensemble d'un air indécis, approcha une pleine bassine d'eau, prit une poignée de glaise dans ses mains et se mit à la travailler sans plus se soucier de la présence du roi. Wirlock, intrigué, la regarda faire, puis, comprenant qu'on ne le voyait plus, se retira, la laissant à son occupation.

Chapitre 8

La rose seule le sait

DÈS LORS, IL VEILLA à ce qu'elle ne manquât de rien dans sa prison dorée. Argile et pierre lui furent apportées pour occuper son esprit, puisque tel semblait être son désir. Des pétales de roses jonchaient en tout temps le sol de la pièce, rappelant à sa mémoire la promesse d'un amour désormais condamné.

La rose devint le nouvel emblème du royaume et figura sur toutes les armoiries, les fanions des lances et les oriflammes, portant ainsi par delà les frontières, dans des guerres sans merci, le symbole de l'amour de Halking pour Princesse Logrid. Le Roi livrait bataille avec rage et cruauté, comme si la furie des armes, le sang et les pleurs des vaincus pouvaient l'aider à oublier l'homme infâme qu'il était devenu.

Le nom de Wirlock traversa les frontières, menaça des contrées jusqu'alors épargnées. Le royaume s'agrandit, s'étendit d'un bout à l'autre de la péninsule, joignant deux océans et ne s'arrêtant qu'aux pieds d'une chaîne de montagnes infranchissable. Mais le plus grand territoire conquis et tout l'or du monde n'aurait suffi à effacer le passé. Le roi se savait condamné à un éternel repentir.

Une année s'écoula. Chaque matin, Wirlock retrouvait Logrid assise sur son banc, tout à ses pensées, le visage tourné vers l'unique fenêtre du cachot, les mains jointes sur les genoux. Elle vieillissait sans perdre de sa beauté. Wirlock la contemplait en silence puis s'efforçait de lui arracher quelques mots. Comme elle se taisait toujours, il racontait la vie au château. Logrid l'écoutait, impassible. Aucune émotion ne venait adoucir la rigueur des traits de son visage. Puis il s'agenouillait devant elle, lui baisait la main et se retirait.

Princesse Logrid n'avait jusqu'alors façonné que des objets qu'elle entassait dans un coin. Elle se mit à sculpter des têtes humaines et commença par celle de son bien-aimé Halking. Wirlock, impuissant, vit au fil des jours renaître sous ses doigts le contour d'un visage familier. Logrid s'appliquait à la tâche et travaillait avec précision. Sa mémoire redonnait au mort un souffle de vie, arrachait des ténèbres le pli de ses lèvres, son nez aquilin, ses sourcils, cette mâle assurance dont elle était éprise, jusqu'à ses cheveux qu'elle fit jaillir de l'argile en traçant avec ses doigts de longs sillons bouclés. La ressemblance, saisissante, défiait le Roi à chacune de ses visites.

Le buste qui trônait, majestueux, sur son socle, indisposait Wirlock. Mais Princesse Logrid ne s'arrêta pas à l'expression de son cher disparu. Il semblait qu'elle voulût, dans la solitude douloureuse et le deuil qui étaient siens, rappeler à ses côtés tous les êtres aimés. Le Roi ne s'opposa pas à cette fantaisie, si étrange lui parût-elle, n'y voyant qu'une façon singulière de tuer l'ennui. Il craignait cependant que la jeune femme, enfermée depuis trois ans, ne fût en train de perdre la raison.

D'autres blocs d'argile lui furent délivrés et de nouvelles têtes, tout aussi ressemblantes, peuplèrent sa solitude.

La présence de ces visages connus finit par oppresser le roi. Ces regards frondeurs ou accusateurs évoquaient un tribunal et accentuaient son sentiment de honte et de culpabilité. A mesure que le royaume de feu Hidegaard resurgissait du passé, grandissait son besoin de rédemption. Le sang de la rose ne coulait-il pas dans ses veines comme il avait coulé dans celles de ses aïeux ? Ces têtes couronnées le rappelaient à son devoir, réclamaient justice. « Usurpateur, traître, infâme ! Honnie soit ta race ! » proférait chaque personnage. Princesse Logrid, infatigable, poursuivait sa tâche, façonnait de nouveaux visages de glaise, n'ayant, semblait-il, d'autre fonction que de ressusciter les morts. Le déshonneur pesait davantage sur la conscience du Roi à mesure que les fantômes du passé s'immortalisaient entre les mains de la captive.

Un soir, après un copieux festin, alors qu'il venait lui souhaiter la bonne nuit, le roi que le vin rendait éloquent, éprouva le besoin de se justifier.

Comme à l'accoutumée, il salua la jeune femme et les figures d'argile. Un sourire méprisant passa sur ses lèvres. Princesse Logrid, le voyant entrer par force, s'était retranchée dans la pénombre du cachot.

– Ne craignez rien ! Je ne viens pas pour vous, mais pour eux ! fit-il en les désignant du doigt. Puis, animé d'une verve imprévue, il se lança dans une véhémente harangue. Son arrogance tout d'abord prit le dessus. Il gesticula, grogna, pesta contre le destin, donna des raisons, invoqua pour se justifier la faiblesse des sentiments, dévisageant chaque personnage d'un air digne comme s'il se fût trouvé devant une assemblée de juges. Toi aussi tu aurais pu trahir si Princesse Logrid m'eût aimé ! rugit-il devant le buste du chevalier Halking, tu ne vaux pas mieux que moi ! Mais cela, Princesse Logrid ne le sait pas ! Tu es parti trop tôt ! ajouta-t-il, l'air mauvais.

Wirlock délivra sa conscience, s'épuisa en un long monologue. Abruti de vin, il finit par se taire et se laissa tomber sur une chaise. Le silence des morts l'accablait. Son éloquence n'avait pas trouvé grâce de l'autre côté des ténèbres. On l'avait jugé depuis longtemps ! Je suis un scélérat ! geignit-il, j'ai trahi les miens, j'ai failli à tous mes devoirs, mais je l'ai fait par amour pour vous, Princesse ! Oh ! Comme je voudrais que notre bon roi n'eût pas choisi sire Halking pour vous secourir, les choses eussent été si différentes alors. Nous aurions combattu ensemble, occis par la lance ennemie, vaincus certes, mais libres et dignes dans la mort. J'ai volé votre bonheur Princesse et vos jeunes années. Je ne peux hélas vous rendre votre liberté sans me condamner. Mais nous souffrons des mêmes maux, le savez-vous ? Vous dans la douleur du deuil et la rancune du crime dont je suis l'auteur, et moi dans la honte éternelle de ce geste abominable qui commanda votre perte et mon déshonneur. Princesse, je vous le dis sans détour, je suis indigne de votre cœur et devant les morts, j'implore votre pardon et la clémence de Dieu. Qu'Il ordonne mon châtiment et je me plierai à Sa volonté !

En d'autres occasions, il arrivait au roi de s'adresser à l'un des personnages en particulier, comme s'il cherchait un allié ou un confident. La sincérité de ses propos prenait alors le pas sur son arrogance habituelle et s'accompagnait de véritable repentance.

Wirlock revint régulièrement, et plus souvent pour débattre avec les morts que pour s'occuper de la prisonnière qui, tout en l'écoutant ressasser le passé, avait commencé à sculpter son propre visage.

Elle s'appliqua tout d'abord à modeler les épaules, le cou, travailla aux détails d'un bliaut dont les plis saillaient de l'argile comme des veines sinueuses. Lorsqu'il fut terminé, elle glissa autour du cou le collier de perles que Wirlock lui avait offert avant de l'enfermer. Son âme princière paraissait s'emmurer sous le masque de terre glaise et reflétait la même et indicible mélancolie dont elle se mourait.

Pendant ce temps au château, l'humeur changeante du roi se traduisait par des éclats de colère suivis presque aussitôt d'élans de générosité. Devait-il rendre justice, que sa clémence innocentait le présumé coupable. Rencontrait-il, chevauchant ses terres, un mendiant, qu'il le couvrait d'or et lui recommandait le partage. La guerre était toujours à l'ordre du jour et les victoires remportées avaient galvanisé la ferveur des jeunes chevaliers qui regardaient désormais vers la mer. « De l'autre côté, il est un royaume cher au cœur de notre regrettée Princesse, lui confia l'un d'eux un soir, lors d'un banquet. Sa Majesté serait bien avisée d'y asseoir à nouveau son autorité et ainsi venger la mémoire de ses ancêtres. La rose doit de nouveau fleurir sur le royaume de feue Princesse Logrid. Sa Majesté a-t-elle oublié sa promesse ? »

Non, Wirlock n'avait pas oublié. Le repentir était là-bas. S'il voulait, au jour du Jugement Dernier, pouvoir dignement regarder le Seigneur, il lui fallait retourner sur les terres des anciens et combattre son propre fantôme. Cette guerre était juste, elle rachèterait ses fautes. Le roi promit qu'au printemps un ost cinglerait vers le royaume de Hidegaard. L'assemblée approuva sa décision et loua son courage et son sens de l'honneur.

Wirlock avait enfin trouvé le véritable chemin de la rédemption, chemin de croix qui passerait par le sang de la rose et le couronnement symbolique de Logrid. Mais lorsqu'il courut annoncer la nouvelle à la Princesse, il trouva le cachot vide. Wirlock saisit une torche de résine et éclaira les angles morts de la pièce, balaya le sol en agitant la flamme du flambeau. Rien ! Il souleva les draps, écarta les courtines, bouscula tables et chaises. En vain, Princesse Logrid s'était volatilisée ! Abasourdi, le roi s'approcha du buste de la jeune femme au pied duquel se trouvaient des pétales de roses. Il en éclaira le visage. La bouche, sous la lueur de la flamme, parut s'animer d'un pli malicieux. Comment diable avait-elle pu s'échapper ? C'est alors qu'il vit un morceau de soie coincé entre deux pierres murales et il comprit. Un accoudoir en forme de main tendue supportait une torche. En la retirant, la main s'affaissa légèrement faisant entendre un sourd craquement derrière le mur. Les blocs de pierre s'écartèrent, révélant un passage secret.

Wirlock éclaira le gouffre de la torche puis s'engagea dans l'obscurité. Des escaliers étroits longeaient la muraille du donjon et conduisaient à une galerie souterraine. Wirlock loua l'intelligence et surtout la patience de Princesse Logrid qui, à tout moment, aurait pu s'enfuir, mais ne l'avait fait. Il s'interrogea sur ses raisons en suivant un long couloir peuplé de rats que la lueur du flambeau effrayait. Leurs couinements craintifs se multipliaient à mesure qu'il progressait.

Soudain, percevant des éclats de rires, il sortit l'épée de son fourreau et s'approcha prudemment. Le couloir s'arrêtait devant un mur derrière lequel s'élevait un grondement de voix entrecoupé de bruits de vaisselle. Il n'était pas difficile de comprendre qu'on festoyait de l'autre côté. Mais quel festin et dans quelle partie du château avait-il lieu ? Il tendit l'oreille. Une clameur bientôt s'éleva. « Vive le roi ! Vive Sa Majesté Hidegaard ! entendit-il clairement. Interloqué, Wirlock recula. Avait-il affaire à un complot ? Sur la droite, tout au fond, le mur offrait une ouverture. L'ondulation d'un rideau de laine tendu laissait entrevoir un filet de lumière. Il écarta doucement le pli et se glissa de l'autre côté...

Épilogue

Rédemption

Le roi Hidegaard siégeait sur son trône. A ses côtés, Princesse Logrid souriait en regardant des petits singes exécuter des acrobaties sous les ordres de leurs maîtres, au son des harpes et des vielles. Des faucons encagoulés lui étaient présentés sur des avant-bras bardés de mailles de fer. La jeune fille, à peine effarouchée, caressait le plumage des rapaces sous l'œil vigilant des fauconniers avec qui elle échangeait des propos aimables. Parmi l'assemblée, Wirlock découvrit les treize têtes d'argile, aussi vivantes qu'il l'était. Le reconnaissant de même, elles s'inclinèrent les unes après les autres sur son passage.

– Vous voilà enfin messire Wirlock ! Approchez, nous vous attendions ! s'écria Princesse Logrid.

– A la parfin, vous voici ! fit à son tour le roi Hidegaard, il ne manquait plus que vous ! La guerre sans votre zèle ne saurait être plaisante. Cela vous le savez bien. Votre épée nous sera fort secourable et nous comptons sur vous pour éventrer le plus grand nombre de ces païens !

Wirlock, contenant à peine sa stupeur, se fraya un passage vers le trône. Le chevalier Halking, à genoux devant Princesse Logrid, liait à son avant-bras la mèche de cheveux blonds qu'elle venait de couper pour lui. Wirlock, abasourdi, s'inclina devant le roi et baisa la bague au sceau royal que lui présentait le souverain. Princesse Logrid lui fit alors signe de s'approcher. Il se sentit défaillir en reconnaissant à son cou le collier de perles qu'elle portait dans son cachot.

– Messire Wirlock, la guerre demain dictera sa loi ! L'honneur, la bravoure et la fidélité à Sa Majesté le Roi mon père, sont des valeurs dont tous ici vous savent épris. Les treize personnages d'argile qui s'étaient regroupés autour du trône, acquiescèrent d'un signe de tête. Le chevalier Halking se rangea à ses côtés et lui tapota l'épaule. Princesse Logrid le regarda avec insistance, comme si elle cherchait à voir à travers ses yeux la couleur de son âme. Wirlock baissa la tête. Princesse Logrid se pencha alors vers lui.

– J'ai fait un songe, Gentil Seigneur, qu'il me faut vous conter, car je vous tiens en estime et vous sais attentif à mes rêveries, lui murmura-t-elle à l'oreille.

– Si fait, Princesse, je vous écoute...

– Ce songe m'entraînait vers un lointain rivage. Nous fuyions, je crois, à bords de nacelles. Le vent soufflait fort et l'embrun giflait nos visages meurtris. Le château était en flammes, ce me semble, car la guerre avait pris une bien mauvaise tournure. Un chevalier était auprès de moi mais je n'arrivais pas à voir son visage. Je ne voyais de lui qu'une ombre, mais qui tout entière m'enveloppait de son manteau. J'ai ressenti en son cœur un battement d'aile semblable à celui des fauvettes l'été quand, effrayées, elles prennent leur envol d'un buisson. Ce cœur battait pour moi et je lui en étais reconnaissante. Vous qui connaissez l'amour que je porte à sire Halking, se pourrait-il que ce fût lui ?

Wirlock serra affectueusement les mains de la jeune princesse.

– A n'en pas douter Princesse, car la rose ne ment pas, dit-il, retenant des sanglots. Que Dieu m'entende ! S'Il Lui plaît de rappeler l'un de nous deux à Ses côtés, ce sera moi ! Je vous en fais ici même la promesse, Halking vivra et sur cette nacelle, ce sera son bras qui soutiendra le vôtre…

Princesse Logrid se redressa, satisfaite.

– Tout ceci n'était qu'un songe Messire Wirlock, mais s'il devait se réaliser, gardez-vous bien de tenir votre parole, par amour pour moi, car je ne saurais vivre une deuxième fois mon exil…

Un projet pédagogique

Durant l'année scolaire 2008-2009, les élèves de la classe de 3e DP6 (Découverte professionnelle) du lycée Vauban à Auxerre ont relevé un formidable défi : éditer un roman. Avec les éditions Rhubarbe, ils ont découvert et accompagné toutes les étapes de la fabrication d'un livre, de la lecture du manuscrit à la réception des ouvrages imprimés. Ils ont rencontré et questionné l'auteur, une bibliothécaire, des libraires, un imprimeur, un critique littéraire. Ils ont lu le manuscrit, proposé des corrections, signé le contrat d'édition, composé la maquette. Ils ont choisi le papier intérieur et de couverture, le format, demandé des devis, sélectionné l'imprimeur, déterminé le prix de vente de l'ouvrage. Ils ont conçu et illustré la couverture, les vignettes et lettrines du corps de texte, rédigé la quatrième. Bref, ils ont édité. Et découvert un secteur professionnel, la chaîne du livre, dans ses aspects artistiques, techniques et commerciaux, ce qui est l'objectif même de leur parcours de formation. Plus généralement, on peut penser que prendre conscience de la valeur marchande des biens culturels (droits d'auteur, coûts de fabrication, marges commerciales des différents partenaires de l'éditeur) aura aussi une vertu citoyenne à l'heure des gratuités illusoires et des téléchargements sauvages.

Enfin, le plus important, en menant à bien ce projet un peu fou, les élèves se sont durablement réconciliés avec la lecture et l'écriture.

L'éditeur tient à remercier l'auteur et tous les partenaires qui ont joué ce jeu très sérieux puisqu'il a abouti à l'existence du présent ouvrage que vous, lecteur, venez de terminer.

Merci et bravo aux élèves de 3e DP6, Marlène Baudry, Mickael Bellancourt, Sébastien Bourreau, Kevin Campion, Nicolas Chenot, Damien de Sousa Oliveira, Caroline Gounot, Hélène Jaget, France Lefebvre, Gino Molinaro, Aurélie Oussalem, Sonia Peltier, Marion Pougary, Maïté Raymond, Pierre-Edouard Roy, Younes Sbaghi, Sylvain Schuffenecker, Dylan Sciascia, Angélique Thibaut et à leurs professeurs, Franck Benoit (français), Bruno Dury (comptabilité bureautique) et Denis Pellegrini (arts plastiques).

Pour terminer, les élèves de la 3dp6 et l'équipe pédagogique remercient Alain Kewes partenaire éditorial privilégié mais aussi professeur impliqué au quotidien sur le projet, sans qui rien n'aurait été possible...

Rhubarbe / déjà parus

Collection Chemins d'écriture

Michel Baglin, *Lettre de Canfranc*
Werner Lambersy, *Achill island note book*
René Daudan, *Pour l'odeur immédiate du foin*
Olympia Alberti, *Là où la lumière chante, et quelques arbres*
Bruno Doucey, *la Cité de sable*
Michel Baglin, *Les Pas contés, carnets de Cerdagne*
Luis Mizón, *Voyages et retours*

Collection Être au monde

Michel Host, *Poème d'Hiroshima*
Jacques-François Piquet, *Que fait-on du monde ?*
Danielle Boulaire, *Au point d'épine*
Renaud Marhic, *L'Oreille de Denys*
Collectif, *Fées, anges, canailles & autres créatures*
Jean-Claude Delagneau, *Le Secret de Dona Glorinha*
Lionel Mirisch, *Papiers mâchés*
Bernard Dumortier, *Leçons de ténèbres*
Ghislain Ripault, *De l'abîme ordinaire*

Collection Les gais naufrageurs

Ghislain Ripault, *Le Désert de l'empailleur*
Georges-Olivier Châteaureynaud, *Mécomptes cruels*
Michel Host, *Le Petit Chat de neige, 50 nouvelles express*
Gautier Le Leu/Jean Claude Bologne, *Dieu et le pêcheur*
Jean-Paul Rousseau, *Les Écrevisses de Monsieur le Prieur*
Bernard Ascal, *Un cul-de-sac dans le ciel*

*A*collection Hirsutes

Alain Kewes, *Moi aussi, nouvelle*
Denis Borel, *Le Crible, anamnèse*
Branko Aleksic, *Un livre bagué de Rétif*
Rétif de la Bretonne, *Suite du* Fin matois *de Quevedo & Relation naïve d'un voyageur français*
Alain Germoz, *La Sandale d'Empédocle*
Vincent Wahl, *œil ventriloque*
René Godenne, *La Nouvelle de A à Z*
Cyrille de Sainte-Maréville, *La Rose ensanglantée*

L'actualité de Rhubarbe est sur www.editions-rhubarbe.com

Achevé d'imprimer
sur les presses numériques
de **DICOLOR GROUPE**
Ahuy (21 - France)
Avril 2009

Dépôt légal imprimeur : 09 04 1157